KB124349

산당귀와 호박잎

이이진 시집

산당귀와 호박잎

도서출판 바람꽃

차례

1부

2부

3부

4부

1부

전동차를 타는 아이와 집 없는 고양이와 나비 몇 마리

건물과 건물 사이
한 뼘도 안 되는 곳에
뿌리를 내린 토마토
먼발치 햇살을 끌어당겨
꽃을 피우고 열매를 맺은 토마토
누가 그랬을까
허리를 꺾어놓은 토마토

함께 살던 풀여치가 어떡해 어떡해
눈 퉁퉁 부은 토마토
통째로 뽑히지 않은 게 다행이야
새끼들 손을 놓지 않는 토마토
들이치는 빗방울과
불어가는 몇 줄기 바람으로
열매가 익어가는 토마토

골목에 세워둔 사선으로 깨진 거울

전동차를 타는 아이와

집 없는 고양이와

나비 몇 마리가 와서 들여다보고 가는

토마토

외계外界

제법 구부러진 노파가 무명보따리를 빗겨 메고 어디론가 가고 있었다 보따리 속 새카만 구름이 해 지는 쪽으로 몰려가고 있었다 코가 땅에 닿을 듯 앞만 보고 굽어지던 노파가 문득 보따리를 던져놓고 몸빼를 내렸다 노파의 희멀건 허리에서 꽃잎이 하나씩 피어나고, 몸빼에 붙은 풀까시를 떼어낸 뒤 아무렇지도 않게 턱 하니 볼일을 보았다 어머, 눈을 가린 길가 풀꽃들이 노파의 희멀건 아랫도릴 훔쳐보거나 말거나, 폐지 줍는 할배 손수레가 지나가거나 말거나 허리의 꽃잎이 하나씩 오므라들 듯 속옷을 올리고 몸빼를 올린 노파는 다시 보따리를 짊어지고 끄덕끄덕 굽어지며 나아간다 지팡이가 먼저 끌고 가는 노파의 낮고 야윈 어깨선 위로 낮달이 한참 둥글다

20200101, 구름

해가 달 속으로 간다
달이 해 속으로 가는 것인지도 모르겠다

음, 흑룡이 날개를 폈나

누에 같은 아비가 달력을 갈아 건다
서른을 훌쩍 넘기도록 직장을 구하지 못한 나는
어미가 챙겨주는 밥 한 술 뜨고 알바 간다

어미는 갈수록 쪼깐해진다

실종

내 이마를 적시는 서늘한 눈발 한 잎,

이것은 때로
찬 이슬 먹고 살다간 풀꽃의 후생이었다가
밤이면 불을 못 켜서 바느질도 못하는
순이네 집 처마 끝에 등불을 달아주는 달빛이었다가
다닥다닥 매달린 어린 것들에게 햇살 밥을 먹이느라
뻘뻘 흘리는 사내의 땀방울이었다가
추운 겨울 학교 가는 아이의 목에 둘러주던 목도리였다가
파란 이파리에 떨어지는 탱글탱글 빗방울이었다가
꿈속으로 도착하는 소년의 풀내음이었다가
사막을 건너는 유목민의 눈에 비친 신기루였다가

넘어질 듯 자빠질 듯 횡단보도를 건너
저만치 새순 돋아난 은행나무 사이로 잘숙잘숙 사라지던

어떤 젊은이의 뒷모습이었다가

딸내미 먹여 보내려 고기 한 근 끊어 뛰어오다 넘어진

친정아버지 무릎에서 베어 나오던 핏방울이었다가

소금우물 찾아가는 나시족 아낙들의 보이차 한 모금
이었다가

갓난아기 배냇짓이었다가

기도였다가, 우레였다가

가시

생전에 좋아하시던 애호박전을 부칩니다

마당에 내려앉은 새떼를 보고 계시던 아버지
멀리서 온 딸내미를 아는지 모르는지
갑자기 다랑논으로 나가셨습니다
오 남매 키우던 논밭을 콧김을 내품으며 갈고 다니셨습니다

생풀을 해 와야 쓰겄다
팔순 아버지는 가물가물 산으로 올라가시고
쉰을 훌쩍 넘긴 올케는 무릎에 뼈 주사를 맞고 왔습니다
비쩍 마른 올케에게 아버지를 내쳐 맡기고 돌아온 그날 밤

일제강점기에 남양군도로 징용을 가셨던 아버지가

종종 우리들 손을 꽉 잡고 나무 밑으로 숨어들던 모습이

고속버스 유리창에 얼비치던 밤

아버지는 밤늦도록 돌아오지 않았습니다

서점 가는 길은 이쯤은 돼야 한다고 빡빡 우기고 싶어, 나는

가령 내가
여보세요, 칡꽃 향기 몇 됫박 살 수 있남요?
앞뒤 자르고 물어봤을 때. 기럼요 기럼요
신의 열쇠도 있고, 달빛 두레박도 있는 걸요
들려오는 메아리가 컬러풀해

횡단보도 앞에선
사납게 달려오던 짐승들이 순하게 무릎을 꿇죠
떡갈나무가 서 있는
이곳엔 늘 바람이 불고 빗방울이 떨어져요
피아노를 무척 배우고 싶었던 여자가
흰색 검은색 줄무늬 횡단보도를 똥, 똥, 똥 밟으며 건너가죠
사람들은 모두 글썽글썽 해

서점 가는 길은 묘해

한여름 땡볕에도 흰 눈발이 날리죠

심지어 칡넝쿨이 도심 한복판을 엉금엉금 기어간다니까요

참 어처구니없는 생각이라고 해도

할 수 없어요

서점 가는 길은 이쯤은 돼야 한다고 빡빡 우기고 싶어, 나는

물방울 랜드

잡초들이 네활개치고 사는
한 뼘 텃밭에
파란 줄무늬 거미 한 마리
명아주와 개망초 사이에 거미줄을 쳐놓고
죽은 듯 엎드려 있다

말벌 한 마리 날아와 텃밭을 휘젓고 다녔다
명아주에 앉았다가
달개비꽃을 큼큼 거리다가

쌩 거미줄로 날아왔다
순간 풀밭에서 무슨 열매 떨어지는 소리가
투둑,

파란 줄무늬 한 마리 허둥지둥 풀잎 속으로 숨어들고
있었다

눈송이 몇 잎이

머릿속이 와글와글와글, 폭발 직전인 아이에게
청산에서 온 흰 나비가 눈송이 몇 잎을 건넸다

세상에 별의별 구름이 다 있으니
눈물 쏙 빼는 구름도 있으니
참아라, 잉

눈송이 몇 잎이
수천 볼트 장전된 아이의 화약고에 내려앉는다

이팝나무 꽃 핀 사이로 날아간 새

한 소년이
휠체어를 타고 간다, 이팝나무 사이로
천 마리 새를 접으며 간다

휠체어에 내려앉은 이팝나무 꽃잎이
소년이 접은 새의 날갯짓 소리에 귀를 기울일 때
여우비가 내린다
우산을 쓴다

우산에 작은 구멍이 생겼다
스스로 메우지 못한 구멍은
점점 커진다, 비가 샜다
햇빛이 샜다

구름이 흐트러진다

구멍 뚫린 우산 속으로

소년이 날린 새 울음소리가 날아간다

미래파

방금 나무에서 떨어진 버찌 한 알,
별똥별을 처음 본
아이의 까만 눈동자일 수도 있고
파워레인저일 수도 있지
지구를 지키러 온 외계 생명체일 수도 있어
구름처럼 형상을 바꾸기도 해
말하자면 아르고에 있는 샘이랄까
서쪽으로 날아가면 공룡 소리가 들린다구
정말이라니까, 달이 지면 돌아가지
요정들이 램프농사를 짓는
동쪽으로 오면 첨탑 종소리가 출렁일 거야
햇살이 닿으면 푸른 잎사귀가 촉촉 돋아나
풀벌레가 와서 깃들어 살 수 있는
미래파지

그렇지만도 않은 것이

우리 집 옥상엔
손바닥만 한 텃밭이 있는데요
벌레 반 채소 반인 풀숲이 있는데요
새들이 날아와서 재잘대는 것이 좋고
풀여치도 깃들어 살 수 있어 좋다, 생각 했드랬습니다
그런데 그렇지만도 않은 것이

새 한 마리 날아와 먹이를 쪼아 먹고 있을 때
며칠 굶은 고양이가 와서 물고 달아나 버렸습니다

약을 할 걸 그랬나
싸라기 괜히 뿌려 주었나

새 한 마리 날아와 울었습니다
내가 빨래를 탈탈 털어 널어도, 옥상을 한 바퀴 돌아도
그냥 앉아 세상을 꺼버렸습니다

물캐진 복숭아

아침 시장에서 덤으로 받아 온
물캐진 복숭아
아이들이 오기 전에 얼른 껍질을 벗긴다

엄마처럼은 절대 안 살 거야
식구들 몰래 물캐진 걸 먹는 엄마를 보면
화가 머리끝까지 치밀어 올랐었지

하루 종일 복숭아밭에서 땀 흘리는 손길이 있거나 말거나
복숭아나무가 비바람 눈보라와 싸우거나 말거나
몸져누운 엄니의 등허리에 욕창이 생기거나 말거나

누가 물캐진 걸 주면 패대기쳤었지

손등에 흘러내린 과즙까지 쪽쪽 빨아 먹는다

한때는
강보에 싸인 아기였고, 천둥이었고 빗방울이었던 복숭아가, 시큼
입안 가득 고인다

카메라

등산로 입구 공중화장실 앞이었습니다
푸성귀를 팔던 한 아낙이 지나가는 사람들에게
뭐라, 뭐라 통 사정을 하고 있었습니다

저기요, 우리 집 양반이 화장실에서 나오질 않아요
별일 없나 좀 봐주시면 안 될까요
휴대폰 한 번만 빌리면 안 될까요

사람들은 아낙을 멀리 비켜서 갔죠
그녀가 막 다급한 마음에 남자화장실 문을 열려는 순간
바랑을 맨 노스님이 다가와 휴대폰을 내밀었어요

아즈마니, 어느 별에서 온기라요

이토록

재래시장 귀퉁이에서 갸름하고도 자그마한 나무 문패를 보았습니다

이토록이라니요

나는 잠시 울컥했습니다

문 앞에 아기자기 심어놓은 꽃들을 보며

이토록, 이토록, 이토록, 이토록 아아, 이토록

풀집과 흙집 사이

키 큰 나무도 키 작은 풀꽃도 없는
풀집과 흙집 사이
나뭇잎에 떨어지는 빗방울로 오가다 보면
숲을 뒤흔들며 지나가는 바람도 한 줄기 없다

천둥번개가 치는 날에도
아무렇지 않게 지나가는 빗방울 빗방울들
풀 옷 입은 사람도 풀집도 보이지 않는다

운이 좋으면 훅!
생텍쥐페리의 어린왕자를 만날 수도 있으려나
아니면 방울뱀을?

어느 어둑신한 흙집에 등불을 켜놓고 가시는
구부정한 뒷모습,
잘박잘박 찬 새벽 물 묻은 목소리를 지나

들판에서 염소들이 풀 뜯는
풀집으로 돌아오기도 하는 것이다

풀집과 흙집 사이엔
구름을 한 송이 품고 사는 늦가을의
내가 있다

밥 짓는 나무들

이팝나무 행성에 커다란 플랜카드가 내걸렸어요

누가, 누가 쌀밥을 잘 짓나, 내기를 한다는군요
배경음악엔 계곡 물소리가 있고요
상품은 찔레꽃 향기 몇 됫박과 다슬기 물풀 갉아 먹는 소리랍니다
봄 햇살 아저씨와 빗방울 아가씨가 협찬을 하는군요

심사는 고라니가 한다나요
수업 시간에 공부는 안 하고 만화책이나 보는
고라니가요, 후훗

2부

4월

산벚나무 꽃잎들이 이삿짐을 싸는 날입니다

소년은 무딘 낫을 돌팍에 싹싹 갈았습니다

풀숲엔 아직 제비꽃이 세상모르고 잠들어 있습니다

비비새는 날개를 한껏 푸드득 거리며 이쪽에서 저쪽으로, 저쪽에서 이쪽으로 왔다갔다 난리가 났습니다

소년은 낫을 갈고, 제비꽃은 여전히 잠을 잡니다

에라 요놈, 보다 못한 소년이 손가락 끝으로 이마를 탁 튕깁니다

산벚나무 꽃잎들이 달강달강 이사를 가고 있습니다

공양

까치 한 마리가 토사물을 쪼아 먹고 있다

진수성찬이다

초록이었을까, 구름이었을까

까치가 간 다음 참새가 와서 깨끗이 청소를 하고 간다

저녁에 나는 시 한 편 쓰겠다고 쪼그려 앉는다

펼쳐놓은 공양이라 한다, 먹고 살 수 없는 것들의 무지개라 한다

판잣집 토방 아랜 붓글씨 쓰는 아이들

신발이 가지런하다

휘어진다는 것

가만히 있어도 땀이 줄줄 흐르는 삼복에
나부처럼 흐연 할마씨 셋이 산길을 올라간다
불전에 치성을 드리러 꼬부랑꼬부랑 올라간다
할마씨들이 걸음을 떼어놀 때마다
소나무며 굴참나무 허리가 꼬부랑꼬부랑 휘어지는 것이다
산길을 올라 꼬부랑꼬부랑 대웅전에 들어가 절을 올린다
이맘침 산 것이 다 부처님 덕인데
세상에 나와 좋은 일 하나 한 것 없이, 자석들 고생 안 시키고
가는 것이 소원이니 참 염치가 없다고
할마씨들이 꼬부랑꼬부랑 엎드려 합장할 때마다
부처님 허리도 꼬부랑꼬부랑 휘어지는 것이다

풀내음

산당귀를 팔러 읍내에 갔다가
깻잎과 호박잎을 몇 묶음 사가지고 돌아왔다

바람에 한들거리는 텃밭의
깻잎들
호박잎들

볼 때마다 인사 잘하는 할마씨가 있다 아이가

한두 번도 아이고, 이놈의 영감탱이
몬산다 카이

저녁상에 깻잎전과 호박잎쌈을 올려놓았다

인사 잘하는 푸성귀 덕분에 입이 호강하는구랴
지아비는 전에 없이 말을 많이 하였다

푸성귀 할머니의 행성

새벽같이 집을 나와 어둑발 질 때까지 천변 산책로에서 푸성귀를 파는 푸성귀 할머니 행성에는 청산이 비치는 냇물이 있다 냇물에는 양수로 가득 싸인 아늑하고 촉촉한 달의 집이 있어, 하루 종일 걸어 온 해가 물의 문을 열고 쏙 들어가면 애썼구나, 지친 하루를 잘박잘박 주물러 주는 손길이 있어, 아침이면 거뜬한 몸으로 출근을 하는 푸성귀 할머니 행성에는 수선화가 핀다, 해오라기는 솜털이 파릇한 강아지풀 옆에서 늘 생각에 잠겨 있고 태어나서 한 번도 다른 행성에 가 본적 없는 푸성귀 할머니 행성엔 민들레와 씀바퀴가 있고, 달이 걸린 나뭇가지에 새 한 마리 날아와 날개를 접으면 달맞이꽃은 피어난다 와서 오래 머물던 개망초꽃이 아주 가버리면 폐지 줍는 할배가 떨이를 해주고 가는 푸성귀 할머니 행성에 눈이 내린다

선물

간혹 말이 잘 나오지 않는 병을 얻었다 했습니다

속에서 기를 혀끝으로 밀어주지 못해 생긴 병이라 했습니다

입 좀 닫고 살라, 자기 몸이 자기에게 주는 선물이라 했습니다

망종芒種 무렵

딸아이는 독신을 선언했다
그것도 모자라 심신이 고달픈 날이면
날 뭐 할로 낳아 생고생을 시키느냐
부아통을 질러대는데

한 평 텃밭에 열무씨를 뿌리던 날 밤
다 늦은 나이에 결혼한 아들에게서

소식이 왔다

땅속 씨앗들이 구름을 감아올리는 밤
냉장고 문을 열었다 닫았다
마른해삼 여남은 마리를 물에 불린다

열무씨 싹이 올라왔다
퇴근해서 온 딸아이가 텃밭에 쪼그려 앉는다

물방울 랜드 2

손바닥만 한 텃밭에 풀이 빼곡히 올라왔습니다
어떻게든 올라오는 풀들을 틈만 나면 뽑아냈습니다
꽃 핀 놈도 뽑아냈습니다

흙 한 줌 없는 세멘 바닥에 풀꽃 몇 송이 피었네요
비쩍 마른 어미젖을 물고 있군요

동행

살다 봉께 꿈에나 볼랑가 했던 유럽여행을 왔고만요 그 유명허다는 성당이며 박물관을 발목이 시큰하도록 귀경혔는디, 아 그란디 밭고랑에 엎드려 풀만 매던 엄니 소리가 안 들리요 끄니 잘 챙기 묵고 댕기그라, 우째 낯선 나라 들판에도 감자 꽃은 핀당가요 옥시시 시염도 향긋하니 나고설랑 그라고 보니 하늘밑 세상은 죄 같은가 브요 바람도 햇살도 그렇지만요 사람들 눈이 푸른 거기, 미술관 그림 속에는 베틀이 다 안 있으요 엄니 밤새 찰그락이던 베틀소리가 여기까지 와서 끄니 잘 챙기 묵고 댕기그라 안 허요

삼복

멸치 똥을 깠습니다

인근 공사장에서 쇠파이프 옮기는 소리가
철그렁철그렁 들렸습니다
콩밭에 엎드렸던 엄니 몸에 땀띠가 솟아났다 했습니다

나 혼자 턱하니 에어컨을 켜놓고
고슬고슬
똥을 깠습니다

감나무 이파리에 떨어지는 빗방울

학교가지 말고 놀다 가자, 초등학교 삼학년 머시매가 이학년 기집애 옷자락을 잡아당겼습니다 머시매는 기집애가 먹어본 적 없는 도시락 반찬을 슬쩍 보여 주었습니다 산길은 베동 오른 청보리 냄새로 달짝지근했습니다 둘이는 도시락을 까먹고 찔레 순을 따 먹었습니다 나뭇가지 사이로 하얀 달이 얼굴을 내밀었습니다

단손발인 기집애 엄니는 일찍 오는 딸내미가 반갑기만 했습니다 부리나케 어린 동생을 맡기고 들일하러 나가시고 기집애가 동생을 데리고 감자를 긁고 있을 때 머시매 어머니가 부지깽이를 들고 쫓아왔습니다 부지깽이로 마당을 탁탁 두드리며, 이놈의 지지배 학교 가기 싫음 저나 가지 말일이지 와 남의 자석을 꼬득여 남의 귀한 자석을 꼬득여 학교를 못 가게 만드노 잉, 못된 지지배 싹수없는 지지배

뒷담에서 염소를 데리고 내려오는 녀석과 딱 마주쳤습니다 문디자슥! 냅다 녀석의 정강이를 걷어차려는데 염소가 먼저 낌새를 채고 뿔을 디밀었습니다

새우잠에서 깨어난 아침 기집애는 마루에 엎드려 감나무 이파리에 떨어지는 빗방울 소리를 들었습니다

달그림자

한 여자가 꽃집 안으로 들어갔습니다
화분에 물을 주고 있던 사내가 수도꼭지를 잠궜습니다

달맞이꽃을 피우지 않는 꽃도 있나요

사내는 저기 어디 산엘 가면 있을 거라
앞장을 섰습니다
밖엔 때아닌 봄눈이 내리고 있었지요
사내가 달빛을 팽팽히 감아올린 눈을 한 사발 담아왔습니다
이 눈을 빈 화분에 심어놓으면 달빛을 팽팽히 감아올리는 꽃이 필거라

사내와 그녀는 깎아지른 산벼랑을 거미처럼 매달려 올라갔습니다

산 위엔 바람소리만 흉흉할 뿐

꽃 한 송이 만나지 못하고 내려오는 산비탈입니다

벌레가 베어 먹은 바람소리 풀잎이

물소리

새소리

꽃잎 피어나는 소리를 흘렸습니다

사내는 달빛을 팽팽히 감아올리는 눈송이를 담아옵니다

자꾸만 담아오고

손가락 사이로 빠져나가는 달빛을 줍는 여자

비릿한 멀미를 줍는 여자

안개

— 불갑사 대웅전 벽화

산은 산대로, 풀잎은 풀잎대로 영원한 덫이 있었네

가당치 않은 비상을 꿈꾸다 불갑산 기슭에 마른 풀 되어 스러졌네 참식나무 무성한 이파리 파랗게 봄비 맞으면, 홍역 앓던 아이처럼 벌떡 일어나 머리 감네

거기,

뜨거운 숨결로 어둠을 밝히는 대웅전 벽화, 암담한 시절 방황하며 허기진 마음 되어 설레다가 소유도 아닌, 열망도 아닌 모든 사라지는 아름다움 위해

순백으로, 순백으로 꽃 피었네

안개 2

어느 시인이 산다는 산사를 찾아
길 물어물어 왔네
그의 시 속에 사는 부처는 안개에 가려 보이질 않고
적묵당 작은 뜨락, 백목련 환한 등불이
눈 뜨라 눈을 뜨라 타올랐네
내 속엔 안개만 자욱했네

태풍

요 며칠 무섭게 조용하던 아이가
망할 놈의 세상이라며
폭언인지 폭염인지 알 수 없는 계절을 한 잎 토해냈습니다

아이는 묵묵부답 출근을 하고
나는 하루 종일 망할 놈의 세상 지우기에 골몰했습니다
아이는 퇴근길에 사표를 내고 왔다고 했습니다
한동안 제 방에 틀어박혀 불빛을 잠글 것입니다

창문이 덜컹거리는 밤
나는 망할 놈의 세상을 詩에 담아도 되나, 되나
끝내 해답을 찾지 못했습니다

구름의 서쪽

코로나는 계절을 타지 않았습니다

떡갈나무 숲으로 돌아간 도토리陶土理는 질그릇을 만들어 밥벌이를 겨우 한다 했습니다 소식을 듣고 찾아온 고라니 샘은 달 모양 항아리를 두 개 주문하고 갔다 했습니다 밤이면 호롱불 아래 아이들의 구멍 난 양말을 깁는 아낙이 있다 했습니다 가끔 바깥세상 소식에 귀를 기울인다 했습니다 떡갈나무 숲을 서성이는 반백의 아이가 있다 했습니다

노랑수박

훤한 대낮에 과일집 앞에서 눈이 반짝 뜨였다
하늘에서 갸름한 달이 지상으로 쏟아져 내려왔다
사람들이 너도나도 장대들고 설치자
급기야 하느님이 달덩이를 하나씩 안겨 주기로 하셨나 보다

옛다, 실컷 품고 살거라

3부

밤이면 호롱불을 밝힌다 했습니다

나 들 가게 영원당을 지나가다 도토리카페가 눈에 확 들어왔습니다

코로나가 끄막하면 고라니샘 함 오라고 해야겠습니다

저 안에 있으면 막 풀냄새가 나고, 바람소리도 들리고 그럴까

밤이면 호롱불을 밝힌다했습니다

마스크를 쓰고 어머니를 만나러 갔다 헛걸음을 했습니다

끄니 갈망을 못해 떡갈나무 숲으로 돌아갔다 했습니다

괜히 나 들 가게 영원당을 지나 다녔습니다

꽃잎을 또 하나 날리고 있네요

어느 날 풀꽃은 깜짝 놀랐어요 느닷없이 비닐봉지에 보쌈을 당해 어디론가 끌려갔거든요 다음 날 아침 자신이 어느 집 창가에 있다는 걸 깨달았죠 햇살은 따스했지만 바람 한 점 일지 않았죠 숨이 막힐 것 같았어요 그날 밤 풀꽃은 아무도 몰래 꽃잎 하나를 창문 너머로 날렸어요 꽃잎은 솔바람 부는 쪽으로 조금씩 날려가겠죠 혼자 가는 길 눈물이 나겠지만 괜찮아, 괜찮아 달빛이 쏟아지면 어, 달님 별님 풀여치 베짱이 돌멩이 구름에게도 안녕, 아는 체하며 끝내 풀숲에 도착하구요 솔 냄새 풀냄새가 훅 끼쳐오네요 아기별도 달려 왔어요

아, 살 것 같애

창가 풀꽃은 아무래도 갈려나 봐요 머리를 땅에 닿게 숙이고 있네요 꽃잎을 또 하나 날리고 있네요

연탄불

연탄불, 하면 틈틈이 약초를 공부하던 사람이 생각이 나는데요 그는 누가 자기가 알려 준 약을 먹고 효험을 봤다는 소리를 들을라치면, 험험 헛기침을 서너 번 해 대고는 하는 얘기가, 자고로 사람이 한 생명을 구하려면 모름지기 활인지방活人之方을 타고나야 하는 거라며 그가 자기 집 암탉 살린 이야기를 매번 처음인 양 풀어놓곤 했습니다 어릴 적 자기 모친이 텃밭에 열린 고추를 개구리들이 따먹는다고, 개구리 잡을라고 고추밭에 놓아둔 쥐약 묻힌 보리쌀을 하필이면 암탉이 쪼아 먹은 기라, 눈이 하얗게 뒤집혀 가지고 온 마당을 뱅뱅 도는 디, 문득 어떤 말도 안 되는 생각이 떠오르는 거라, 말이 되거나 말거나 냅다 면도칼로 닭 모가지 밑에 있는 모래주머니를 갈랐지 질깃질깃 잘 안 째지는 살가죽을 어쩌어찌 갈라서 보니 탱탱 불은 보리쌀이 가득한기라 얼른 물로 깨깟이 씻어내고 무명실로 듬성듬성 꼬매 허청에 놓아두었지 두 판 잡고 그란 것이재 그런데 죽은 듯 엎어져 숨소리도 없던 것이 한 사흘 지나자 부시럭부시럭 나와 모이를 먹고 살이 올라 뱅아리를 세배나 쳤다 아이가,

나는 이 말이 잘 믿기지는 않았지만, 실제로 그가 한 겨울 문 밖에서 땡땡 얼어 다 죽은 줄로 알았던 고양이를 안방에 데려다가 이불 속에 묻어놓고 따뜻한 미음을 입을 벌려 떠 넣으며 갓난애 다루듯 보살펴 살려 내는 걸 본 적이 있습니다

---

* 활인지방-사람을 살리는 방안

살구꽃이 발간 이유

옛날 먼 옛날에요 한 발짝 느린 것인지 짜장 느리게 가는 것인지 알 수 없는 여자가 있었는데요 식물을 볼 때마다 궁금했대요 목숨을 부지하는 것들은 모름지기 밥 잘 먹고, 똥 잘 싸야 하는 벱인디 쟈들은 정말 똥이 없는 걸까 물만 먹고 살아 똥이 없나 그러던 어느 날 울타리 살구꽃이 하늘하늘 날리는데, 지금 제 명이 다해 떨어지는 저 꽃잎은 살구나무 똥이 아닐까, 하는 생각이 문득 들더라지요 어쩐지 그럴듯하게도 지는 꽃은 똥이라는 쪽으로 자꾸만 기울어지는데요 꽃잎이 똥이라니요 여자는 자기도 모르게 꽃잎을 하나 주워 큼큼 냄새를 맡아보았던 것인데 때마침 볼일을 보고 있던 살구나무 얼굴이 발개진 거라요

아우아우 셔

깊은 산속 머루나무
온몸에 달빛 감아올려 열매를 달았어요
아기새 날아와 한 잎 베어 물다 진저리를 쳤지요
아우아우 셔

그 모습에 뿅 가버린 다람쥐는 자기하고 살면
평생 맛있는 알밤을 먹여주겠노라 호언장담을 했지요
그 옆 다래나무는
햇살 몇 잎과 구름거품을 담아내네요
산록이 즐겨 마시는 햇구름차라 하는군요

키 작은 찔루나무는
살은 적지만 익을 대로 익은 자기 열매도 먹을 만하다
지나가는 바람 편에 편지를 보냈지요

나뭇잎에 부리를 닦고 날아가는 아기새, 아우아우 셔

산에 아이를 묻은 여자가 있었다

1

내 어제 저녁 판에 강냉이를 좀 안 땄나, 니한테 보낼라코 한 소쿠리 남실남실 땄재 내친김에 애호박 서넛하고 핑핑한 풋고추도 쪼매 땄고마 근대 오늘 아침 짐을 꾸릴라 카는데 어째 이상해 암만해도 남실남실 강냉이가 눈 안에 쏙 들어 가는 기 새벽이면 내려와 콩잎을 따먹고 내빼던 토깽이 짓일까, 아니면 새끼를 다섯이나 데불고 다니며 배꾸리가 훌쭉하던 다람쥐 짓일까

2

그저께는 소나무에 앉아 솔방울을 까먹는 청솔모에게 돌멩이를 던지겠네 글쎄 깜짝 놀랐다고 앙알거리지 뭔가, 어찌나 귀엽던지 칡꽃이 필거래

3

아이가 떠난 계절엔 파름한 여치 한 마리 내 방에 와서 놀다가고, 산속 토끼들이 보랏빛 똥을 흘리고 다녔어 산비둘기가 와서 그걸 한 잎 콕 하다가 윽, 퉤퉤퉤 입을 헹구고 간 샘물에서 칡꽃 냄새가 나는 기라

비 오는 날

산은 물안개 자욱하고

툇마루 앞 감나무 이파리 바람에 살랑이는데

얘들아, 우리 부침개 부쳐 막걸리 한잔 하자

울타리 속에 재잘거리는 멧새 소리

사치

모처럼 육신이 멀쩡한 날, 산책길에
밑둥치에 동굴이 생긴 오래된 나무를 보았지

저 나무의 동굴에 세멘을 채워 넣고 퇴비를 주는 이와
톱을 가져와 나무를 다른 세상으로 보내주는 이와
알아서 살거나 죽거나 내버려 두는 이
어느 게 정말 나무를 살리는 것이 될까

나무의 출렁임 쪽으로 귀를 열어보다
동굴 속에 일가를 이룬 벌레들을 생각하다
드문드문 달린 꽃송이를 일없이 헤아려 보는 것이다

구름식사

여자를 만나러 가던
새카미는
달려오는 1톤 트럭을 보지 못했네
공중으로 튕겨 오른
새카미 입에는
아침에 먹은 봄나물이 묻어 있었네

새카미가 놀던 풀밭에
봄나물이 우북 자라고 있네
구름식사를 맛있게 하네

저 여린 초록을
한 접시 상에 올릴까 말까
생각은 갈래져 흩어지네
봄나물 숲에서 걸어 나온 소리가
컹컹, 발목에 볼을 비벼대는 것이네

새키미 떠난 자리를

서성이는 여자가 있네

구름을 한 송이 물고 있네

구름의 서쪽 2

봐라, 저기 살구나무집 큰아들 안 있더나
주말이면 혼자 시골집 내려와 뒤곁 묵은 밭떼기를 가꾸드만
그리 맵깔시랍게 가꾸드만
알고 보니 마누라 자슥하고 생이별 하고 산다 카데
오 년째 기러기 아빠라 카데, 아이구 딱한 거르…….

몇 번 반찬가게에서 마주친 사내, 문득 아는 체한다
손에 든 봉다리 들어 보이며. 생맹줄임더
가족이 다른 행성에 가 있거든요

해질 무렵
한잔 걸친 사내 들판으로 나간다
마지막 숨 고르느라 빨개진 석양이 서쪽으로 휘어져 내려갈 때
사내의 몸도 석양 쪽으로 휘우듬해진다

날개가 녹아내린 사내의 뒷밭 이랑에는

딸내미 머리핀 같은 살구꽃 피고 지고

끼니때 부르는 소리, 언능와야 배고프면 헛것 보인다

모지란母地卵 여사

인터넷으로 주문한 생활한복이
벌써 도착했다고

거울 앞에 서서 이리보고 저리보고
위아래 색깔 배합은 잘 되지 않지만
따로따로 보면 묘한 구석이 있다고

십오만 원도 아니고
십만 원도 아니고
단돈 만 오천 원짜리 생활한복을 입고 서서

흰 고무신을 신을까
깜장 고무신을 신을까

즐거운 고민이 발그레, 모지란 여사

출렁이는 나침반

머릿속이 파도처럼 왔다 갔다 했어 학교도 못 가고 약 먹고 잠이 들었지 학교 앞에서 사 온 병아리가 커서 알을 낳았어 많은 알들이 금세 껍질을 뚫고 나와 개나리 울타리에 병아리를 촘촘 매달았어 문방구에 가지고 가서 크레파스를 사고도 남았어

크레파스가 까불까불 학교로 뛰어 갔어 등나무 가지가 내 오른쪽 팔을 확 낚아 챈 후, 뒤에서 시커먼 자동차 한 대가 쏜살같이 지나갔어

한껏 울음을 참고 있던 먹구름이 교문 앞에서 기어이 울음을 터트리고 말았어 내 그림 속 보리밭이 출렁이기 시작했지 우주인들의 나침반이 될 거야 귀가 크고 눈이 말똥말똥한 김쵸키 선생님이 설명을 했어 출렁이는 보리들은 구름을 삼켰어, 맛있게

어쩌다 지구별에 와서

풀벌레를 물고 가서 새끼들에게 고루 먹이는
어미새는 파닥이던 풀벌레가 눈에 밟히네 자꾸만 밟히네
태풍이 휩쓸고 지나간 자리에 지극히 돋아난 새싹을 삼키는
고라니는 새싹이 목에 걸려, 목이 잠길 테지
소나무를 칭칭 감고 올라가는 담쟁이 넝쿨도
점점 야위어 가는 소나무가 보기 짠한 거라

어쩌다 지구별에 와서
흔들리는 것들
글썽이는 것들

시선 너머

한 뼘 텃밭에 새떼들이 날아와 한바탕 놀다 날아간다
일순 텃밭이 출렁인다

연초부터 고장 난 허리 덕분에
제멋대로 자란 잡초들이 구름을 감아올리고
달빛을 감아올리고

제법 시골마을 느티나무티를 내는 명아주 숲에
키가 훌쩍 크고 차양이 넓은 모자를 쓴 담배나물 숲에

구름이 내려앉아 울까말까 망설이는 숲에

새들이 날아와서 꽁지를 까불어댄다
허리가 구부정한 담배나물 숲에 부리를 박았다

삼월, 남부시장

가시지 않는 허기 어슬렁거리는 남부시장 한쪽으로
봄마다 발돋움하며 일어서는 매곡교가 있다
매곡교 입구엔 저물도록 좌판을 벌이는 한 노파
하루라도 쉴라치면 온몸이 쑤신다는 그 노파
냉이의 잔뿌리를 하나하나 손질하는 갈라진 손등에는,
자투리 헝겁에 밥풀을 발라 배접하던 촌부의 아낙이 있다
두꺼운 얼음장 깨고 빨래하던 무서운 겨울
밤이면 요강에 담긴 소변으로 갈라터진 손등을 주무르시던 시절
맨소로다마와 고무장갑 한 켤레 올리고 싶은 기일이 있다
남은 냉이를 떨이하는 단풍진 시선이 미끄러진 곳에
옆집 생선가게 꽃게 한 마리 그물망을 빠져 나오고 있다

바다 냄새를 기웃거리며 게걸음으로 도착한 곳에

단돈 천 원으로 세상이 환한 노파가 있다

참새알에 대한 기억

어쩌다
정말 어쩌다 그 생각이 떠올랐는지 모르지만요
지천명을 훌쩍 넘기도록 캄캄히 나갔던 전깃불이
어쩌다 반짝 들어왔는지 모르지만요
그 생각만 하믄 웃음이 저절로 나온다 아닌교
누군가에게 말하고 싶어 입이 간질간질 하다 아닌교

그러니까 다섯 살 아니면 여섯 살쯤 된
기집애와 머스매가
막 베동이 오르기 시작한 보리밭 가에서 놀고 있었다
아닌교
그런데 그 쪼고만 머시매가 문득 기집애더러 니 아랫
도리
한 번만, 한 번만 보자 졸랐다 아닌교
기집애가 발끈 화를 내며, 니 꺼 먼저 보여도고
머스매는 일초의 망설임도 없이 아랫도릴 내렸다 아

닌교

한 번 만져보고 싶게 깨끗한
겨울밤 오래비들이 초가지붕 속에서 꺼내오던
작고 따뜻하던 참새알 같은
머시매 아랫도릴 한 번 힐끗 바라본
기집애는 발딱 일어나 보리밭 속으로 숨었다 아닌교

머시매는 불줄도 모르는 보리피리를
필랠래
필랠래
보리밭을 기웃거리는 데요
참새알이 껍질을 깨고 나올 것만 같은 봄인데요

원족

강원도 어딘가는 눈이 내린다는 사월 초순이었습니다 물 바랜 몸빼 입은 시골 아낙 하나 보리밭 매는 옆길로 원족 온 한 무리의 여자들이 스킨 냄새를 확 풍기며 지나갔습니다 보리밭 이랑에 처박혀, 어기적어기적 풀이나 매는 제 처지가 아낙은 새삼 부아통이 치밀어 올라 죄 없는 호미자루를 바닥에 패대기치려는 순간, 다리를 절름절름 그러나 일행을 얼른 따라가지 않고 보리를 가만가만 쓸어보는 아낙이 눈에 들어왔습니다

4부

억새가 늦게까지 남아 있는 이유

겨울에 천변 돌다리를 건너 어슬렁어슬렁 산책을 하다 보면요 풀빛이라곤 눈곱만큼도 없고, 살점은 더더욱 한텡이도 없는 것이, 도무지 갈 기미를 보이지 않고 언제까지 남아있는 억새밭을 지나곤 했는데요 궁금한 게 저 삐쩍 마른 억새는 지금 어느 세상을 사는 걸까 이 세상, 아니면 저 세상? 궁금해서 기어이 마디 하나를 똑 분질러 본 적 있는데요 억새라는 이름이 그냥 붙여진 게 아니더군요 어찌나 짱짱하던지요 오오라 이래서 혼자서는 쉽사리 갈 수가 없는 게로군 아니면 내년 봄 나올 어린 것들을 업어주려고, 그래서 지는 햇살을 어떻게든 붙잡고 있는 걸까 이런 생각과 더불어 가실 무렵의 아버지 모습이 떠오르곤 했는데요 눈 온 다음 날 천변 산책을 나갔다가 억새밭에 내려앉은 새떼를 보고서야 처음으로 알았습니다 억새는 제 열매를 꽉 끌어안고 있다가, 벌레도 더러 품고 있다가 탈탈 굶고 날아오는 새떼들의 허기진 배꾸리를 불룩 채워주고 있었습니다

밥 짓는 나무들 2

옛날 가난했던 시절엔요 보릿고개가 돌아오면 아이들은 점심을 굶고, 송키나 풀때죽으로 연명하는 사람이 많았다는데요 이 무렵이면 밥 짓는 연기가 모락모락 올라오는 나무가 있었다는데요 어떻게든 쌀밥을 한번 먹여주고 싶은 나무가 온몸에 감아올렸던 달빛을 죄 풀어 가마솥에 안치고 밤새도록 불을 지핀 다음 날 아침이면 거짓말처럼 나무의 온몸에 쌀밥이 눈꽃처럼 피었다는데요 어릴 적 외할머니가 길쌈을 하며 들려준 얘긴데요 꽃밥을 별식으로 먹는 요즘엔 하나도 신기할 게 없는, 싱거운 얘긴데요

다슬기

순전히 달빛 때문이었다고나 할까 신록이 짙어지자 밖으로만 나돌던 막내가 쬐그만 다슬기를 한 움큼 잡아 왔다 겁도 없이 세상 구경 나왔다 잡혔지 싶은 어린 것들을 된장을 지질까, 수제비를 끓일까 수선을 떨다 천변 돌다리 밑에 풀어주기로 마음을 고쳐먹은 건 순전히 그날 밤 휘청한 달빛 때문인데, 저 달빛이 흐느끼는듯한 건 어딘가로 사라진 새끼들 찾아 울며 헤매고 있을 그 어미 때문일까 눈앞에서 잡혀가는 새끼들 속수무책 바라볼 수밖에 없었던 어미의 젖은 눈빛일까, 다슬기는 달빛이 좋아 달이 뜨면 물 밖으로 나온다는데, 오늘 밤 천변 휘청한 달빛 속에 가만히 앉아있으면 찰방찰방 물살을 헤치고 나오는 소리 들릴지

몰라

물방울 랜드 3

허공을 훨훨 나는 새
마음만 먹으면 어디든 갈 수 있는 새
손수 농사를 짓거나, 햇살 몇 잎과 구름 몇 조각으로
살 수 없는 새
나무나 풀꽃이 애써 농사지어 놓은 열매 몇 알, 혹은
눈 말똥말똥 살아 팔딱이는 초록을 한 잎 삼키는 새

다음 생엔 내가 너희의 밥이 되어줄게
몸져누우면 병 수발도 해줄게
나뭇가지에 앉아 노래하는 새,
구름일 뿐

물오리

해질 무렵 전주천 냇물에는 이제 겨우 솜털이 보송보송 올라온 물오리 새끼들이 어미 곁에 딱 붙어 일렬로 쪼르륵 따라가고 있었다 천변 풀꽃에 눈을 빠추기도 하고 어떤 놈은 수면을 박차고 날아오려다 픽 고꾸라지기도 했다 그래그래 그렇게 하는 거야, 잘하고 있는 거야 자신감 심어주려는 것일까 어미는 뭐라 뭐라 머리를 끄덕이는데, 아까부터 물속을 들여다보며 새끼들 입에 넣어줄 먹이를 찾고 있던 아비가 갑자기 하늘을 올려다보며 꽉꽉 울부짖기 시작했다 황조롱이 한 마리가 어둑발을 뚫고 날아와 식구들 있는 냇물을 향해 날아오고 있는 게 아닌가 어미는 순식간에 새끼들을 날개 속에 감추고 물속으로 쏙 들어가 버렸다 날은 금세 어두워지고 털이 보송보송 어린 걸 데려가려던 황조롱이도, 발목이 시큰하도록 물살을 헤치던 물오리 가족도, 밤이면 흙집으로 떠나는 풀꽃도 깜깜해졌다

날개

천변 따라 해바라기가 쭉 피었어요 한결같이 해 뜨는 쪽을 보고 있었죠 그중 한 그루 둑 아래 냇물을 바라보네요 여름 장마로 흙탕물 넘쳐 지나간 자리에 풀꽃 몇 개 가만히 고개를 들고 있군요 글쎄 그놈이 냇가에 핀 풀꽃에 홀딱 반했나 봐요 풀꽃 피어나는 냇물 쪽으로 온몸이 휘어지고 있네요 그러나 한 발자국도 냇물에 가지 못해요 햇살을 등진 해바라기 아무래도 곧 날개를 달겠어요 잠자리 떼도 많이 날아오르고 있거든요

노가다 최 씨

한약방에 자주 놀러오는
노가다 최 씨는 바둑을 좋아해서
제법 먼 호반촌에서 이 청석동까지
두 활개 한바탕 내젓고 걸어오거나
녹슨 짐자전거를 끌고 온다
어쩔 땐 호주머니에 풀꽃씨를 담아오기도 하는데
오늘은 아침 일찍 쇠물팍 뿌리를 한 포대 짊어지고
왔다
마누라 용든 약 지으러 왔다
일거리 끊긴 요즘 산과 들 쏘다니며
약초나 캤다는 최 씨의 손이 몹시 어덕졌다
일 나가는 메누리 대신 들독 같은 손주 둘을
일흔이 넘도록 마누라가 키우고 있응께, 잘 좀 지어줘
꼬깃꼬깃 구겨진 지폐에 흙냄새 풀냄새 가득한데
바둑판 펼치는 최 씨의 흐연 손톱이 갈라져 있었다
자장면 한 그릇 공으로 먹는 법 없는

최 씨의 약을 함께 안치고, 내건 조건 하나

내년 봄 산나물로 웬수 갚음 꼭 하시라요

오징어국

아버지가 장날 오징어를 몇 마리 사오셨지요
저녁에 무수 넣고 시원하게 국을 끓여 보라마
꼽꼽쟁이 아버지가 모처럼 한턱내시는 양 어깨를
쫙 펴시는 거였어요
난생처음 보는 오징어국 생각에 잔뜩 들떠 있던
우리 오 남매는 저녁 밥상에 올라온 국사발을 보고
깜짝 놀랐죠
온통 사발 속이 새까맸거든요
국사발을 가만히 내려다보시던 아버지께서
야, 오징어가 글줄께나 읽었는갑다
먹물이 잔뜩 들었구나, 야 자 어서 먹어나보자
하시면서 먼저 오징어국에 밥을 척척 말아 드셨어요
우리는 서로의 새카만 입들을 바라보며 웃음을 말아
먹었죠

도원경

비 오는 소리를 들으며 잠든 밤 꿈에요 꽃잎이 눈송이처럼 날리는 길을 따라 집으로 오는데요 작은 새 한 마리가 뒤를 자박자박 따라왔어요 돌담길을 돌아서 생나무 울타리를 지나고 마당을 지나 토방까지 따라 온 새를 두고 방으로 들어와 방문을 닫아 버리자 새가 서럽게 울었는데요 그때 어디선가 머리에 하얀 두건을 두른 새떼들이 몰려와 함께 울지 뭐예요 난 놀라서 윗목 둥지리에 있는 싸라기를 마당에 흠뻑 뿌려주었는데요 그러자 새들이 일제히 절을 꾸벅꾸벅 하고는 쌀톨들을 물고 날아가 벚나무 가지에 다닥다닥 매달린 어린 것들에 먹여주고, 가는 벚나무 가지에도 나누어 주었습니다 벚나무도 벚꽃을 일제히 터트리며 향기를 한 보시기 남실남실 내밀며 입맛에 맞을란지 모르겠습니다 하더군요 빗소리 들리는 밤 꿈속에는 아직도 꽃잎이 쌀알들처럼 날아오르고 있었어요

망치소리

빨래를 다릴 때마다 어머니는
못 하나 때렸다

등을 반듯하게 잘 펴야 하룻길이 편한 법이라

꿈에도 쟁쟁한 그 푸른 망치소리
지천명을 훌쩍 넘기고서야 내 귀에 와 박혔다

입춘

누군가 아직 겨울잠에 취한 사물들을 일일이 호명이라도 하는 것일까요 늘 생각에 잠겨 물속만 들여다보고 있던 갑돌이 해오라기도 일어나, 해오라기들이 일어나 서로 쫓아다니기 시작하네요 글쎄 고것들이 벌건 대낮에요 그것도 낮달이 내려다보는 앞에서, 버들강아지도 막 눈 뜨고 있는데, 서로 날개와 부리를 비비며 쫓아다니네요 바람이 세찬 날을 골라 저보다 큰 나뭇가지를 물고 영차영차 날아다니겠네요 마른 풀숲 어디선가 아기새와 어미새 세상문 여는 소리 콕콕, 톡톡 들릴 듯한 이른 봄

상강 무렵

우리 집 옥상은 나이가 들자
갈비뼈가 하나씩 삭아 내리면서 옆구리에 동굴이 뚫렸다
바람과 햇살이 잘 드는 이 동굴에서
작년엔 도둑고양이 부부가 식구를 불려 나가고
가끔은 눈이 까만 콩새도 날아와 한바탕 살다 갔는데
올봄엔 색깔 예쁜 왕거미가 눌러앉아 터줏대감 노릇을 했다

갑자기 날씨가 추워진 상강 무렵
말벌 한 마리가 거미줄에 걸려 잉잉거렸다
싸낙배기 말벌에게 되게 수사나운 날이었을 텐데
월동 장소를 물색하다 아늑한 이 동굴이 딱 마음에 들었던 모양인거라
오히려 이리저리 부지런히 오가며 거미줄을 마구 걷어내는 게 아닌가

이놈 보게, 남의 집을 탐내고 있네

순간 말벌도 지를 엿보는 낯선 시선을 느꼈던 거라

하던 일 멈추고 무섭게 날아들며, 어떻게든 한 방 먹이려고 씩씩 거리다

제풀에 지쳐 사라졌다

거미는 밤새 보수공사를 말끔히 해놓고 행방이 묘연했다

달맞이꽃

달 속에는
마르지 않는 샘물이 있어

달 속의 샘물을 길어 올리던 꽃들이
꽃잎을 하나둘 날리기 시작하면
달빛을 부어놓고 가는 수레가 있지

씨앗주머니를 메고 와서
쭈우욱 뿌리기도 해
사람 사는 마을에,
산과 들에

달 속의 샘물이 마르지 않는 것은
달만 바라보는 꽃이 있기 때문
달빛만이 불러낼 수 있는 꽃이 있기 때문

산책길

숨 트러 나온 지랭이가 그만 내 발에 밟히고 말았습니다

우레 한 잎이 오래도록 따라다녔습니다

혼 쥐 생각

평소에 녀석을 생각하는 것도 아닌데
왜 녀석이 꿈에 보이는 것인지는 모르겠으나
그런 날이면 어디선가 박하냄새가 나는 것이다
녀석은 어릴 때처럼
나를 똑바로 보지도 못하면서
내 주위를 맴도는 것인데

내가 또랑에서 빨래를 하고 있으면
저도 목에 수건을 두르고 나와 세수를 하거나
내가 샘에 갈라치면
지가 먼저 물지게를 지고 샘에 와 있는 것이다

내가 밭에서 밭을 맬라치면
어느새 맴소를 데리고 나와 우리 밭 옆에서 꼴을 베는 것인데
부모님 계신 선산에 갔다가

약샘 골에서 꼴망태를 메고 올라오는 녀석을 보았지
녀석은 어릴 때처럼 내가 옆에 있는 걸 모르는 척
앞만 보고 끄덕끄덕 걸어가는 것인데
글쎄 녀석의 뒷모습이 반백이 아닌가
꿈도 늙으면 바래는 것일까

녀석이 사라지고
박하내음이 사라지고

이런 날이면
정말 사람이 잠이 들면 혼 쥐가 콧구멍을 들락날락
하는 걸까
생각을 해보는 것이다

해설

모지란 여사의 이토록 환한 세상

—장영우(동국대학교 교수 · 문학평론가)

해설

모지란 여사의 이토록 환한 세상

이이진 시인의 시적 시선과 관심은 단순, 집요하다. 아파트나 전원주택 같은 부동산이나 에르메스 · 샤넬 따위의 명품, 그리고 자동차나 스마트폰 등 많은 현대인들이 선호하는 물건들에 대해서는 거의 눈길조차 주지 않고, 고작해야 "한 뼘 텃밭"에 깃들여 사는 작은 생명이나, 삼복더위에 꼬부랑꼬부랑 산길을 올라가는 할마씨의 행보만 궁금해 한다. 시인이 애지중지하는 "한 뼘 텃밭"에는 토마토나 일용할 푸성귀도 있지만, 그보다는 명아주 · 개망초 · 달개비꽃 같은 잡초가 더 우거지고, 파란 줄무늬 거미나 말벌이 보란 듯이 주인 행세를 하여 "벌레 반 채소 반인 풀숲"같은 허접한 공간이다. 요컨대, 이이진은 재테크(財tech)나 해외 명품에는 손방이어서 현대인이라고 하기엔 어딘가 '모지란'('모지라다'는 '모자라다'의 경상·전라방언) 사람 같기도 하다.

더군다나 그가 신바람을 내며 되새기는 옛 기억이나 최근의 목격담을 들을라치면 그가 살아가는 세상이 현실과 완전히 절연된 별세계가 아닌가 하는 착각이 들 정도다.

그러니까 다섯 살 아니면 여섯 살쯤 된
기집애와 머스매가
막 배동이 오르기 시작한 보리밭 가에서 놀고 있었다 아닌교
그런데 그 쪼끄만 머시매가 문득 기집애더러 니 아랫도리
한 번만, 한 번만 보자 졸랐다 아닌교
기집애가 발끈 화를 내며, 니 꺼 먼저 보여도고
머스매는 일초의 망설임도 없이 아랫도릴 내렸다 아닌교

한 번 만져보고 싶게 깨끗한

겨울밤 오래비들이 초가지붕 속에서 꺼내오던
작고 따뜻하던 참새알 같은
머시매 아랫도릴 한 번 힐끗 바라본
기집애는 발딱 일어나 보리밭 속으로 숨었다 아닌교

—「참새알에 대한 기억」, 부분

위 시는 소아성범죄와 관련한 끔찍하고 파렴치한 사건 개요가 아니다. 한두 세대 전만 하더라도 사내아이의 성性은 동네 어른들의 짓궂은 호기심과 장난의 대상으로 여겨졌다. 나이든 이들은 일쑤 어린 사내아이의 성을 가리키거나 만지며 '토실토실하다'는 둥 '묵직하다'는 둥 아이의 부모가 들으면 절로 기분이 좋을 덕담德談을 예사로 했던 것이다. 하지만 여자아이에게는 결코 그런 농을 하지 않았는데, 그런 장난이 사내아이에게는 자랑거리가 될 수 있어도 여자아이에게는 통용될 수 없는 유교적 분위기 때문이다. 그런 어른들의 장난이 아니라 어린 머스매와 기집애 사이에서 벌어진 희한稀罕한 대화와 행동을 경상도 어느 지방의 방언을 사용해 간접화한 것이다. 머스매의 단순한 호기심과 그에 발끈하는 기집애의 반응이 절로 웃음을 유발하고, 머스매의

성에서 "작고 따뜻하던 참새알"을 떠올린 기집애의 상상력이 아이들의 자발스러운 행동을 단숨에 환하고 건강한 동화의 세계로 바꾸어 놓는다. 한두 세대 전 농촌에 살던 이들에게 '보리밭'은 가슴이 간질간질한 상상력을 유발하는 객관적 상관물이었으나, 이 시에서는 그런 들척지근한 냄새나 열기가 전혀 느껴지지 않는다. 그것은 이 시를 지배하는 정서가 시인의 천진한 동심에서 우러나온 것이기 때문이다.

이이진의 동심은 비단 어린아이나 들풀 · 산새 등 자연물에게만 향한 것이 아니다. 그의 시적 재능은 오히려 노인의 삶을 재현하는 데서 단연 빛을 발한다. 가령, 다음과 같은 시에서,

> 가만히 있어도 땀이 줄줄 흐르는 삼복에
> 나부처럼 흐연 할마씨 셋이 산길을 올라간다
> 불전에 치성을 드리러 꼬부랑꼬부랑 올라간다
> 할마씨들이 걸음을 떼어놀 때마다
> 소나무며 굴참나무 허리가 꼬부랑꼬부랑 휘어지는 것이다
> 산길을 올라 꼬부랑꼬부랑 대웅전에 들어가 절을 올린다
> 이맘침 산 것이 다 부처님 덕인데

세상에 나와 좋은 일 하나 한 것 없이, 자석들 고생 안
시키고
가는 것이 소원이니 참 염치가 없다고
할마씨들이 꼬부랑꼬부랑 엎드려 합장할 때마다
부처님 허리도 꼬부랑꼬부랑 휘어지는 것이다

—「휘어진다는 것」, 전문

굳이 풀어 설명하지 않아도 모든 정황이 눈앞에 선명히 펼쳐지고 가슴에 콕 와 박히는 시다. 할마씨 셋이 삼복더위를 무릅쓰고 산사山寺에 가 자식들 고생 안 시키고 편하게 죽게 해 달라고 부처님께 치성을 드리는 게 이 시의 내용이다. 그러나 이 시를 더욱 맛깔스럽게 만드는 것은 전적으로 '꼬부랑꼬부랑'이란 부사의 힘에서 기인한다. 할마씨들은 늙어 허리가 굽은 데다 다리에 힘마저 없어 '꼬부랑꼬부랑' 걷고, 숲의 소나무와 굴참나무도 오랜 세월 풍상을 이기느라 몸이 '꼬부랑꼬부랑' 굽었고, 부처님은 할마씨들의 무욕無慾과 자식 사랑이 어여뻐 '꼬부랑꼬부랑' 절을 받는 것이다. 우리말 '꼬부랑'은 시의 제목처럼 '휘어진 것' 즉 '곡선曲線'을 말하는데, 이 말은 사람과 동물뿐만 아니라 온갖 사물에 두루

쓰인다. 이를테면, "꼬부랑 할머니가 꼬부랑 고갯길을 꼬부랑 강아지와 꼬부랑 걷는데, 꼬부랑 다람쥐가 꼬부랑 바위에서 꼬부랑 튀어나와 꼬부랑꼬부랑 춤을 추는데 꼬부랑 황새가 꼬부랑 날아와 꼬부랑 가지에 앉아 꼬부랑 목을 꼬고 꼬부랑 노래를 부르고……"로 무한정 이어지는 민요에서 그 범례를 찾을 수 있다.

이이진의 상상력과 어법은 독특하다. 특히 꽃과 풀 등 자연물이나 노인을 묘사할 때 탁월한 능력을 발휘한다. 이를테면 그는 눈雪 한 송이가 이마에 닿자 문득 지금은 사라진 여러 가지 현상들, "찬 이슬 먹고 살다간 풀꽃의 후생, 순이네 집 처마 끝에 등불을 달아주는 달빛. 어린 것들에게 햇살 밥을 먹이느라 뻘뻘 흘리는 사내의 땀방울"(「실종」) 등을 상상해낸다. 이런 기발한 상상력은 "방금 나무에서 떨어진 버찌 한 알"을 두고도 "별똥별을 처음 본 아이의 까만 눈동자, 지구를 지키러 온 외계 생명체"(「미래파」)로 치환하는 동심으로 표출된다. 또 「밥 짓는 나무들」은 '이팝나무'의 개화를 "누가, 누가 쌀밥을 잘 짓나, 내기"가 열렸는데, 계곡 물소리가 배경음악으로 깔리고, 우승상품 찔레꽃 향기와 다슬기 물풀 갉아먹는 소리는 봄 햇살과 빗방울이 협찬을 하며, 고라니가 심사를 하는 등 산속 동식물과 해와 비 등 자연이 모두 참여하는 산속의 축제로 화려하게 치장된다. 뿐만 아니라 이이진은 산벚나무의 낙화를 "산벚나무 꽃잎들이 이삿짐을 싸는 날"(「4월」)로 비유하고, 들판의 풀꽃이 꺾여져 누군가의 집 창가에 놓여있는 장면을 '보쌈' 당한 여자 신세로 인격화한다.

어느 날 풀꽃은 깜짝 놀랐어요 느닷없이 비닐봉지에 보쌈을 당해 어디론가 끌려갔거든요 다음 날 아침 자신이 어느 집 창가에 있다는 걸 깨달았죠 햇살은 따스했지만 바람 한 점 일지 않았죠 숨이 막힐 것 같았어요 그날 밤 풀꽃은 아무도 몰래 꽃잎 하나를 창문 너머로 날렸어요 꽃잎은 솔바람 부는 쪽으로 조금씩 날려가겠죠 혼자 가는 길 눈물이 나겠지만 괜찮아, 괜찮아 달빛이 쏟아지면 어, 달님 별님 풀여치 베짱이 돌멩이 구름에게도 안녕, 아는 체하며 끝내 풀숲에 도착하구요 솔 냄새 풀냄새가 훅 끼쳐오네요 아기별도 달려 왔어요

아, 살 것 같애

창가 풀꽃은 아무래도 갈려나 봐요 머리를 땅에 닿게 숙
이고 있네요 꽃잎을 또 하나 날리고 있네요

—「꽃잎을 또 하나 날리고 있네요」, 전문

에리히 프롬Erich Fromm은 『소유냐 존재냐 To Have, To Be』에서 들판의 꽃을 꺾어 자기 방 화병에 담아 감상하는 서양인과 들판의 꽃을 한껏 감상해 마음에 새겨 두는 동양인의 차이를 '소유'와 '존재'의 개념으로 설명한다.

위 시는 들판의 꽃이 강제로 꺾여 누군가의 집 창가에 놓였다가 마침내 시들어 낙화하기까지의 과정과 그 심정을 절절하게 표현한 것이다. 인간은 꽃을 사랑하고 즐기기 위해 들꽃을 꺾어 화병에 넣고 감상하지만, 그 행위가 꽃의 생존에 치명적인 위해가 된다는 생각은 하지 못한다.

이이진의 이러한 역시자지易地思之 상상력은 식물도 인간이나 동물처럼 배설을 하지 않을까 하는 기발한 착상으로 발전한다. 그 결과 그는 「살구꽃이 발간 이유」가 똥을 싸던 살구나무가 그 광경을 인간에게 들키자 무안해 얼굴이 발개진 때문이라고 둘러대는 능청스러움을

자랑한다.

이이진의 시집 『산당귀와 호박잎』은 제목이 암시하는 것처럼 꽃과 들풀, 약초나 푸성귀가 지천인 공간을 배경으로 한다. 푸성귀를 길러 장에 내다 파는 할머니가 사는 그곳에는 "청산이 비치는 냇물", "양수로 가득 싸인 아늑하고 촉촉한 달의 집"이 있는데, 봄에는 "민들레와 씀바퀴"가, 여름에는 "달맞이꽃이 피어"나고, "오래 머물던 개망초꽃이 아주 가버리면" "눈이 내린다"(「푸성귀 할머니의 행성」). 이처럼 『산당귀와 호박잎』의 세계는 꽃과 들풀이 피고 지는 순서에 따라 계절이 바뀌는 자연 그대로의 시공간으로 「비 오는 날」이면 "산은 물안개 자욱하고 툇마루 앞 감나무 이파리 바람에 살랑"거리고 울타리 속 멧새들이 "얘들아, 우리 부침개 부쳐 막걸리 한잔 하자"고 재잘거리는 신화나 전설 속의 도원경과 진배없는 곳으로 묘사된다.

그곳에서 살아가는 여성이라고 세상물정을 전혀 모르는 것은 아니어서 때론 인터넷으로 물건을 주문하는 등 적극적인 소통을 한다. 하지만 인터넷으로 주문한 물건이란 고작 "단돈 만 오천 원짜리 생활한복"이고, 그걸 받아놓고 "흰 고무신을 신을까 / 깜장 고무신을 신을까"(「모지란母地卵여사」)를 고민하는 순박한 촌부村婦의 모습에서 더 나아가지 않는다. 시인은 그런 촌부를 '모지란 여사'로 호칭하는데, 굳이 그 이름을 한자로 병기倂記하여 '알을 품은 대지의 여신'이란 의미를 분명히 하려는 것은 불필요한 강조법이다.

『산당귀와 호박잎』의 세계는 '모지란 여사'가 태어나 자라 초로初老의 나이에 접어들 때까지 풀집인지 흙집인지 분간이 안 되는 곳에서 "구름을 한 송이 품고"(「풀집과 흙집 사이」) 살아가는 근대 이전의 농촌 풍경이다. '모지란 여사'가 '알을 품은 대지의 여신'인 것은 막내가 잡아온 다슬기로 "된장을 지질까, 수제비를 끓일까" 고민하다가 "눈앞에서 잡혀가는 새끼들 속수무책 바라볼 수밖에 없었던 어미의 젖은 눈빛"(「다슬기」)이 눈에 밟혀 천변 돌다리 밑에 풀어주었다는 대목이나,

> 풀벌레를 물고 가서 새끼들에게 고루 먹이는
>
> 어미새는 파닥이던 풀벌레가 눈에 밟히네 자꾸만 밟히네
>
> 태풍이 휩쓸고 지나간 자리에 지극히 돋아난 새싹을 삼키는
>
> 고라니는 새싹이 목에 걸려, 목이 잠길 테지

소나무를 칭칭 감고 올라가는 담쟁이 넝쿨도

점점 야위어 가는 소나무가 보기 짠한 거라

—「어쩌다 지구별에 와서」, 부분

같은 시가 역설적 자비심에서 그 정체가 확연히 드러난다. 나는 이제까지 아들이 잡아온 다슬기를 그 어미 다슬기의 마음을 생각해 놓아주었다거나, 들풀을 뜯어 먹는 고라니가 그 새싹의 생명력을 생각하며 목에 걸려 했다는, '악어의 눈물' 얘기 같기도 한 착하고 가슴 저린 이야기를 들은 적이 없다. 지구에서 살아가는 생명체는 어떤 식으로든 먹고 먹히는 삶을 영위한다. 강한 것이 약한 것을 잡아먹는 약육강식弱肉強食은 자연의 순리여서 영양羚羊을 잡아먹는 사자가 그 영양을 위해 눈물을 흘리는 일은 없다. '악어의 눈물'이란 흔히 '위선'이나 '거짓'을 가리키는 말로 쓰이지만, 꼭 그렇게만 생각할 게 아니다. 모름지기 제 새끼 귀한 줄 아는 어미라면 남의 새끼도 소중하다는 사실을 모르지 않을 것이기 때문이다. 하지만 새싹 뜯어먹는 고라니가 태풍을 이겨낸 새싹의 강인한 생명력을 생각하며 목 메인다는 생각을 하는 이는 살벌한 약육강식의 현실 세계에서 어딘가 모자란 사람 취급받기 십상이다.

따라서 『산당귀와 호박잎』이 이이진 시인(또는 '모지란 여사')의 생명을 보듬어 안는 자비와 작은 일에도 울컥 감동하는 여린 감성을 보여주는 시로 충만한 것은 조금도 이상한 일이 아니다. 그는 재래시장 모퉁이에서 우연히 발견한 가게의 나무 문패에 '이토록'이란 상호가 쓰인 것을 보고 "이토록, 이토록, 이토록, 이토록 아아, 이토록"(「이토록」)하고 매우 과장된 것 같은 감정을 드러낸다. 이 시에서의 '이토록'은 전주에 있는 작은 카페를 가리키는 것으로 보이는데, 이 가게는 일상적인 커다란 간판 없이 출입구 앞에 타원형 모양의 나무 조각에 '이토록'이란 글자가 또박또박 정자正字로 쓰여 문패 겸 간판 역할을 담당한다.

시인은 『이토록』에서 그곳이 무얼 하는 곳인지 한 마디도 언급하지 않고 그저 '이토록'이란 말만 여섯 번(제목까지 셈하면 일곱 번)이나 반복할 따름이다. '이 정도까지, 이렇게까지'란 뜻의 부사어 하나에 이토록 감탄사를 쏟아내는 이유를 정확히 알기 어려우나, 그 모두가 이이진 시인의 남다른 감수성과 성정 탓이라 보면 이해 못할 것도 아니다. 앞서 살핀 것처럼, 그는 새끼 입에

벌레를 넣어주면서도 그 벌레의 저항을 떠올리는 보살 같은 심성의 소유자다. 그런 그가 들려주는 어느 지인의 "자기 집 암탉 살린 이야기"(「연탄불」)나 꼬부랑 할머니가 길을 가다 문득 볼일을 보는 장면을 그린 『외계外界』, 살구꽃이 왜 발간지를 흥미롭게 풀어낸 『살구꽃이 발간 이유』, 그리고 산책을 나왔다 지렁이를 밟고 쓴 다음 시를 읽다 보면 나는 어느새 할머니에게 옛날이야기를 듣던 시절 신화와 전설의 환한 세계로 속절없이 끌려들어가고 있는 자신을 발견하게 된다.

> 숨 트러 나온 지랭이가 그만 내 발에 밟히고 말았습니다
> 우레 한 잎이 오래도록 따라다녔습니다
>
> —「산책길」, 전문

이이진 시에는 지방 사투리가 간혹 쓰이는데, 그것이 때로는 경상도 지방의 것이었다가 어디선가는 전라북도 방언이기도 하여 종잡을 수 없다. 중요한 것은 그가 가장 큰 관심을 보이는 과제가 '목숨을 살리는 일'이라는 것, 그래서 『어쩌다 지구별에 와서』와 같은 작품이 나올 수 있었다는 점이다.

그렇다고 이이진이 현실과 전혀 동떨어져 아침 이슬과 새벽 공기만 먹고 마시며 살아가는 것은 아니다. 그에게도 가정이 있고 따라서 이런저런 가정사가 있게 마련, 독신을 선언한 딸아이가 "심신이 고달픈 날이면 / 날 뭐 할로 낳아 생고생 시키느냐 / 부아통을 질러"(「망종芒種 무렵」 – 이 시의 제목을 24절기 중 하나가 아니라 '몹쓸 종자'란 의미의 '망종亡種'으로 읽는 것도 재미있다) 대고, 아들인지 딸인지 불분명한 "아이는 퇴근길에 사표를 내고 왔다"며 "한동안 제 방에 틀어박혀 불빛을 잠글 것"(「태풍」)이라는 둥 자식 걱정에 편한 날이 없다. 그는 그런 자식을 보며 "망할 놈의 세상을 詩에 담아도 되나, 되나"고 밤새 생각을 곱씹고 되작이지만, 그런 시는 쓰지 않기로 한 것 같다. 『산당귀와 호박잎』에는 우리가 일상적으로 보고 듣는 각박하고 살벌한 현실 모습을 다룬 시가 한 편도 없기 때문이다.

하지만 이이진은 우리가 몸담고 살아가는 이 세상이 옛날이야기에 나오는 세계와 같지 않고, 같을 수 없다는 사실을 분명히 인식하고 있다. 그것은 시인의 손바닥만 한 텃밭에 "새 한 마리 날아와 먹이를 쪼아 먹고 있을 때 / 며칠 굶은 고양이가 와서 물고 달아나"(「그렇지만도 않은 것이」)고, “명아주와 개망초 사이에 거미줄을 쳐놓고 / 죽은 듯 엎드려” 있는 파란 줄무늬 거미를 잡아먹으려는 말벌의 존재를 함께 그려낸 데서 잘 알 수 있다.

『산당귀와 호박잎』은 지금 우리가 살고 있는 21세기보다 한 세기나 그보다 훨씬 더 이전의 농촌 풍경을 다룬 시편처럼 읽힌다. 그렇다고 이 시인이 자연에 묻혀 안빈낙도하며 현실의 고통과 좌절을 모른 체하는 것은 아니다. 다만 그는 더럽고 치사하며 울화통만 치미는 현실 얘기를 시로 쓰지 않겠다고 결심하고 그것을 지키려 할 뿐이다.

그는 자식의 고통을 말없이 지켜볼 수밖에 없는 처지지만, 그 마음은 황조롱이가 나타나자 “순식간에 새끼들을 날개 속에 감추고 물속으로”(「물오리」) 숨는 물오리 어미와 조금도 다를 바 없다. 하지만 그는 제가 모르는 자식 이야기를 시로 풀어내기보다 누군가가 질펀하게 쏟아낸 토사물을 “진수성찬”이라 여기고 쪼아 먹고 간 까치와 참새 얘기를 풀어내려 한다. 이 시에서 토사물은 위선적 정치인이나 관료, 기업인이 저지른 범죄 혹은 그들의 이중적 혀로 내뱉은 선심공약이거나 불량

제품이고, 그걸 탐식하는 까치·참새는 일부 몽매한 대중이라 해석할 수도 있을까? 그런 해석이 전혀 불가능한 것은 아니지만 사유를 더 진척시키지 않기로 한다. 앞서 말했듯, 이이진 시인은 어딘가 다소 모자란 듯해 보이나, 그 때문에 이토록 환한 시를 쓸 수 있는 희귀한 존재이기 때문이다.

시인의 말

살아 계신다면

무슨 말인지 잘 모르겠다, 하시면서도

머리맡에 정히 두고 보실

故 이기남, 홍정숙님께 이 시집을 바칩니다.

빛진 인연들에게 고마움을 전하며

2020년 가을

이이진

산당귀와 호박잎

초판 1쇄 인쇄 | 2020년 11월 02일
초판 1쇄 발행 | 2020년 11월 10일

지 은 이 | 이이진
펴 낸 이 | 권영임
편　　집 | 윤서주
디 자 인 | 여현미

펴낸곳 | 도서출판 바람꽃
등　록 | 제25100-2017-000089
주　소 | (03387) 서울시 은평구 연서로22길 16-5, 501호(대조동, 명진하이빌)
전　화 | 010-7184-5890
팩　스 | 070-7314-6814
이메일 | greendeer@hanmail.net

ISBN 979-11-90910-01-9 03810

값 9,000원